Júlia Medeiros   Bárbara Quintino

Zalém e Calunga

COLEÇÃO PRESENTE DE VÔ

São Paulo 2022

Para os meninos e meninas de Araçuaí,
meu Fio de Sonho.
Para o Ponto de Partida, Janela Para Sempre.
Para a Dani Black, que se fez Calunga,
mas era um maracatu inteiro.

[Júlia Medeiros]

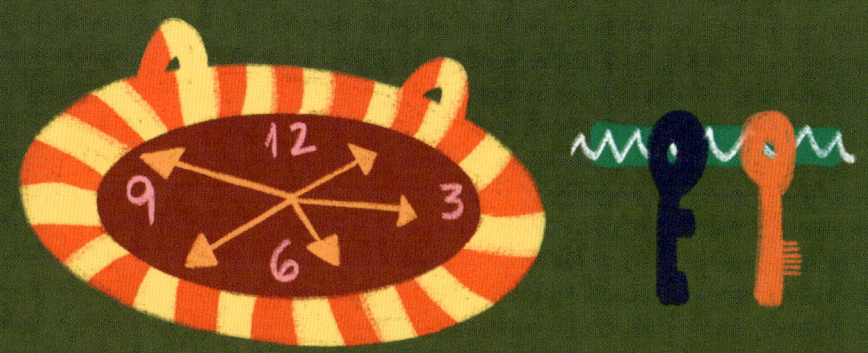

Ninguém se lembra do dia em que nasceu.
Já eu, só nasci pra lembrar.

Foi dentro de uma menina, de quem jamais vou me esquecer. No justo momento em que ela estava deitada no sofá da casa do avô, com uma perna dobrada e a outra apoiada por cima, de modo que o pé direito ficava solto no ar e a menina podia girá-lo e desgirá-lo quantas vezes quisesse, mesmo que tudo que ela não quisesse fosse estar ali, fazendo coisa nenhuma que merecesse ser lembrada. Mas ela estava. E foi exatamente nessa hora que eu nasci, conforme anunciou a batida na porta:

Tum-Tá-Tem-Tem-Tum.

– Zalém, Calunga! Eu sabia que eram vocês só pela batida na porta! – falou a menina, agora com um pé inteiro no chão e o outro só na pontinha.

– Deolinda! – Zalém e Calunga responderam juntinhos e vô Cambeva veio falando lá de dentro, onde certamente estava tirando um cochilo:

– Quem visita, Deolinda?

– Recebemos seu recado, Cambeva – dessa vez, Zalém falou separado e é claro que Deolinda meteu o bedelho:

– Que recado, vavô?
– É conversa de adulto, Deolinda!
– Ah, vavô...
– Ah, Deolinda!

Pronto. Foi assim meu nascimento. Você vai dizer "Credo, que jeito mais chinfrim de uma Lembrança nascer! Pra que gastar minha memória com isso?!". Mas eu garanto que, se soubesse dos acontecimentos que se sucederam, dobraria a sua língua.

Nascimentos são assim. Dependem muito do que vem depois.

Mas, antes de depois, preciso lembrar que houve, sim, algo memorável que você teria notado se estivesse lá comigo.

Quando Deolinda abriu a porta e eu vi Zalém e Calunga pela primeira vez, na contraluz – que é o mesmo que ver sombras radiantes –, tive certeza de que eram baobás. As árvores gigantes, de tronco liso, longo e largo, levaram meus olhos do chão até o sol e ele estava tão próximo dos dois que eu tive a impressão de que ele mesmo, o sol em pessoa, tivesse ido deixar Zalém e Calunga ali na porta.

– Entrem, a casa nossa é vossa! – Deolinda os convidou com uma solenidade muito própria.

Quando entraram, Calunga à frente, Zalém atrás, eu vi que não eram baobás, mas garanto que pareciam: cabelos atiçados, a pele de cobre, uma altura majestosa e a voz oca; olhos muito brancos, dentes grandes formando um sorriso amanhecedor e um brilho que não era de estrela ou purpurina, mas de cetim. Leves e grandiosos, Zalém e Calunga não eram mesmo baobás, mas posso jurar que vieram da mesma semente.

De que importava? Deolinda tinha sido proibida de ouvir a conversa que os dois teriam com Cambeva, e nem se toda a exuberância do mundo estivesse ali na sala isso acalmaria os ânimos da menina. Ela, então, foi batendo os pés até o quarto, onde também bateu a porta. Mas, em seguida, abriu-a devagarinho, sem um cisco de barulho, até conseguir encaixar o ouvido na fresta:

– Schiu shi shi she shum.
– Sha shim shiu!
– Shc no baú?
– Mas é claro, Cambeva!
– Schiiiiiiiu!

Deolinda não se aguentou. Estava bravíssima por não ter entendido um chiado do assunto e meteu o bedelho de novo:

– Quem cochicha o rabo espicha!
– E quem escuta o rabo encurta! – Cambeva respondeu lá da sala, achando graça. Depois agradeceu a Zalém e Ca-

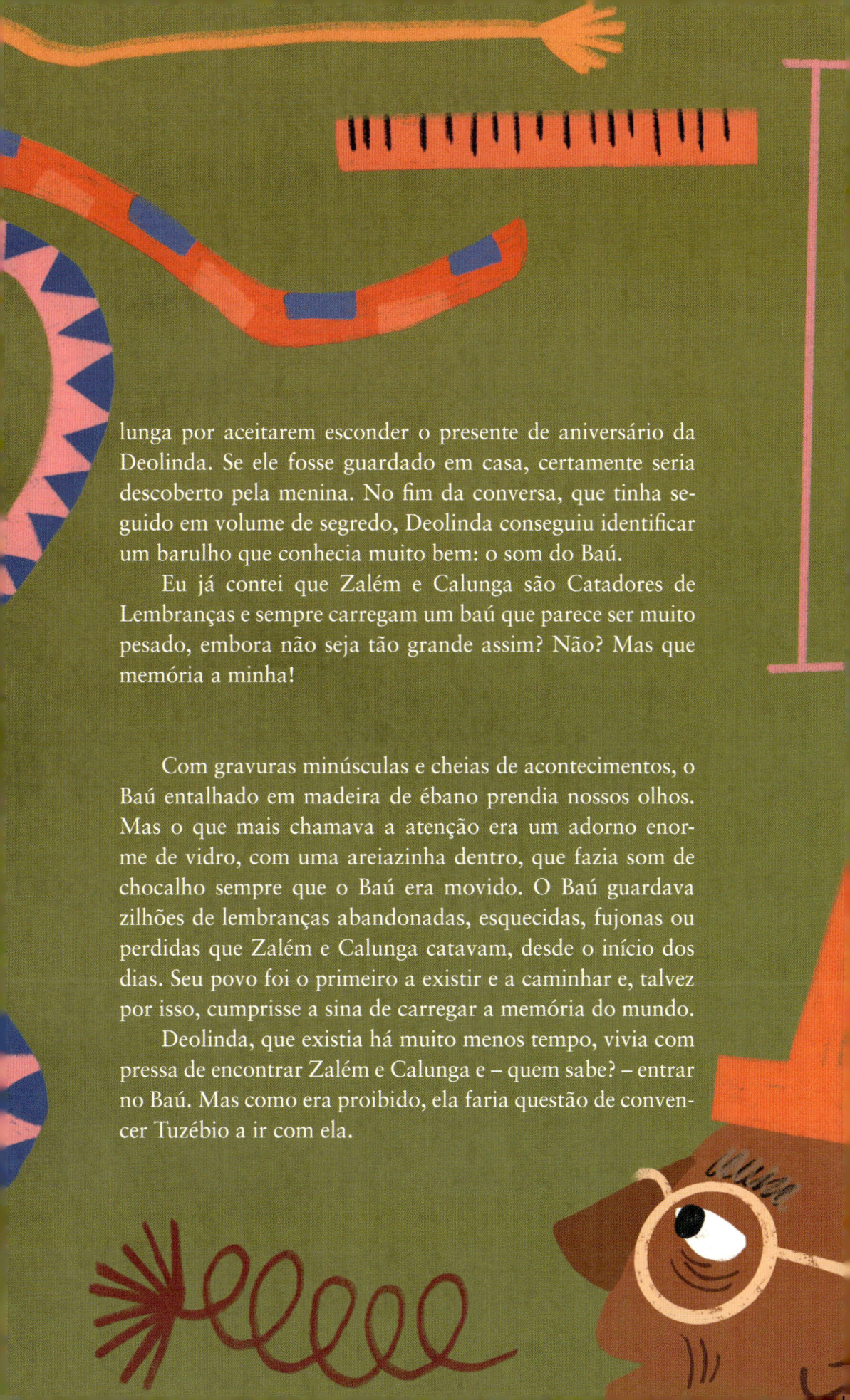

lunga por aceitarem esconder o presente de aniversário da Deolinda. Se ele fosse guardado em casa, certamente seria descoberto pela menina. No fim da conversa, que tinha seguido em volume de segredo, Deolinda conseguiu identificar um barulho que conhecia muito bem: o som do Baú.

Eu já contei que Zalém e Calunga são Catadores de Lembranças e sempre carregam um baú que parece ser muito pesado, embora não seja tão grande assim? Não? Mas que memória a minha!

Com gravuras minúsculas e cheias de acontecimentos, o Baú entalhado em madeira de ébano prendia nossos olhos. Mas o que mais chamava a atenção era um adorno enorme de vidro, com uma areiazinha dentro, que fazia som de chocalho sempre que o Baú era movido. O Baú guardava zilhões de lembranças abandonadas, esquecidas, fujonas ou perdidas que Zalém e Calunga catavam, desde o início dos dias. Seu povo foi o primeiro a existir e a caminhar e, talvez por isso, cumprisse a sina de carregar a memória do mundo.

Deolinda, que existia há muito menos tempo, vivia com pressa de encontrar Zalém e Calunga e – quem sabe? – entrar no Baú. Mas como era proibido, ela faria questão de convencer Tuzébio a ir com ela.

O garoto era ajudante do avô de Deolinda e sonhava ser um dia o maior Restaurador de Lembranças de que se tinha lembrança, assim como o velho Cambeva. De modo que sempre que Deolinda dizia ter tido uma ideia super-mega-ultra-genial, Tuzébio sabia que estava a um passo de colocar sua carreira em risco e respondia assim:

– De jeito nenhum, Deolinda!

– Mas, Tuzébio, pensa em quanta lembrança magnífica tem lá dentro! Meu vavô falou que eles têm departamentos do mundo inteiro!

– Deolinda, não se pode mexer no que não pode ser mexido. E eu recebi ordens expressas pra não deixar você encostar um dedo nesse Baú.

Que dedo que nada! A menina queria entrar inteira, cabeça-ombro-joelho-e-pé, e faria de tudo pra convencer Tuzébio a querer também. Ele insistiria que aquilo era errado ou perigoso ou proibido; que de jeito nenhum a acompanharia; que se ela não o escutasse, ele contaria tudo pro Cambeva, até acabar acompanhando a menina, como sempre, porque, antes de ser o ilustre ajudante de um ilustre Restaurador de Lembranças, Tuzébio era nada mais nada menos que um menino. Mas, dessa vez, ele estava firme. Tanto que Deolinda chegou a desistir:

– É sério? Você vai me ouvir mesmo, Deolinda? – Tuzébio não conseguia esconder sua emoção.

– Mas é claro, Tuzébio, ...que não!

E enquanto ele esbravejava, Deolinda procurava a entrada do Baú que não tinha trinco, tranca ou tramela.

– Mas não é possível! Meu vavô disse que em todo lugar, até mesmo no invisível, há uma porta!

– Não mexe, Deolinda, é pro nosso bem...

E foi aí que Deolinda teve a brilhante ideia de mexer naquele adorno tão bonito. E antes que Tuzébio dissesse "Cuidado! É de vidro! Pode quebrar em mil pedacinhos!", a areia dourada lá de dentro começou a girar como um redemoinho, cada vez mais rápido, até sugar Deolinda pra dentro do Baú.

O som foi de chocalho e grito.

Tuzébio chamou a menina, esmurrou a suposta tampa, olhava no fundo do adorno de vidro, querendo que fosse um binóculo pra procurar Deolinda lá dentro. Tentou encontrar uma rachadura entre as imagens entalhadas na madeira e nada! Então teve a ideia de fazer um redemoinho, ele mesmo, girando cada vez mais rápido, na tentativa de trazer Deolinda de volta. Mas tudo que conseguiu, numa das voltas, foi enxergar os vultos de Cambeva, Zalém e Calunga, que disse:

– Olha, Zalém, a Ampulheta do Baú girou.

E foi aí que Tuzébio descobriu que o tal adorno não era só enfeite.

– Ai, Calunga, se ela girou é porque alguma lembrança caiu no...

– Labirinto do Esquecimento! – Zalém e Calunga completaram juntinhos e as vozes soaram tão forte que formaram um trovão no céu.

– No Labirinto do Esquecimento, é? – Tuzébio perguntou com um sorriso amarelo e ainda se recuperando da tentativa de ser redemoinho.

– É, Tuzébio! O lugar mais perigoso do Baú.

– Perigoso, é?

– É, Tuzébio!! Se essa Lembrança não sair de lá antes que a areia da ampulheta termine de cair, ela será engolida pela Janela do Nunca Mais.

– Janela do Nunca Mais, é?

– É, Tuzébio!!! Essa Lembrança vai desacontecer pra sempre! – Calunga estava aflita demais pra ter paciência.

– Pobre Deolinda...

– O quê??? – Zalém, Calunga e Cambeva não contiveram o susto.

– Gente, não é uma Lembrança, é a Deolinda! – enfim, Tuzébio desembuchou.

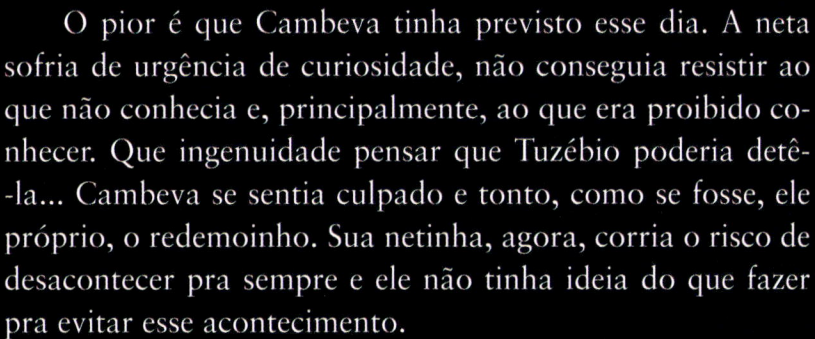

O pior é que Cambeva tinha previsto esse dia. A neta sofria de urgência de curiosidade, não conseguia resistir ao que não conhecia e, principalmente, ao que era proibido conhecer. Que ingenuidade pensar que Tuzébio poderia detê-la... Cambeva se sentia culpado e tonto, como se fosse, ele próprio, o redemoinho. Sua netinha, agora, corria o risco de desacontecer pra sempre e ele não tinha ideia do que fazer pra evitar esse acontecimento.

– Cambeva, sabemos que o caso é grave, mas faremos de tudo pra salvá-la – Calunga disse sem ter certeza, mas Zalém dobrou a coragem:

– Eu dou minha palavra de honra, Cambeva: vamos trazer sua netinha de volta. Calunga, prepare o Baú! Vamos entrar!

Você deve estar se perguntando como é que eu sei o que estava acontecendo do lado de fora do Baú enquanto eu estava lá dentro, com a Deolinda, e prometo que contarei mais tarde. Agora, o que você vai gostar de saber é que, enquanto todos se apavoravam, no interior do Baú as Lembranças ficaram eufóricas com a chegada da menina. Porque Deolinda não caiu direto no Labirinto do Esquecimento; primeiro, ela foi parar nos Departamentos das Lembranças e todas elas acharam que Deolinda pudesse ser a sua dona.

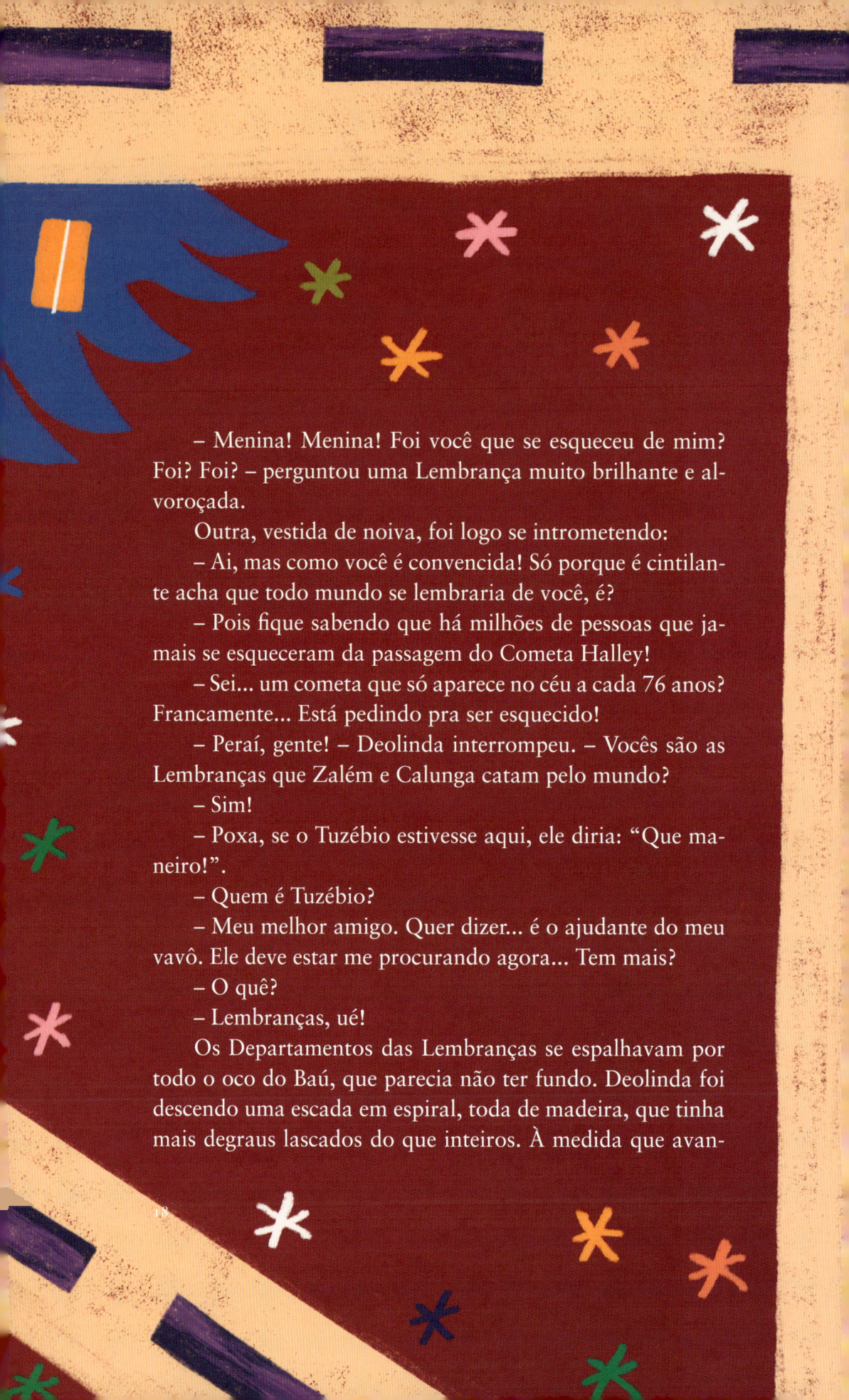

— Menina! Menina! Foi você que se esqueceu de mim? Foi? Foi? – perguntou uma Lembrança muito brilhante e alvoroçada.

Outra, vestida de noiva, foi logo se intrometendo:

— Ai, mas como você é convencida! Só porque é cintilante acha que todo mundo se lembraria de você, é?

— Pois fique sabendo que há milhões de pessoas que jamais se esqueceram da passagem do Cometa Halley!

— Sei... um cometa que só aparece no céu a cada 76 anos? Francamente... Está pedindo pra ser esquecido!

— Peraí, gente! – Deolinda interrompeu. – Vocês são as Lembranças que Zalém e Calunga catam pelo mundo?

— Sim!

— Poxa, se o Tuzébio estivesse aqui, ele diria: "Que maneiro!".

— Quem é Tuzébio?

— Meu melhor amigo. Quer dizer... é o ajudante do meu vavô. Ele deve estar me procurando agora... Tem mais?

— O quê?

— Lembranças, ué!

Os Departamentos das Lembranças se espalhavam por todo o oco do Baú, que parecia não ter fundo. Deolinda foi descendo uma escada em espiral, toda de madeira, que tinha mais degraus lascados do que inteiros. À medida que avançava, ia passando pelos Departamentos, de onde se ouviam coisas como a narração repetitiva de uma jogada de futebol – no Departamento das Lembranças de Craque; "temos pólvora, chumbo e bala, nós queremos é guerrear" – no Departamento dos Povos D'Além Mar; um idioma que a menina só conhecia de ouvir falar – era o Departamento Japonês, né?; e uma porta muito silenciosa que Deolinda, obviamente, quis saber de qual Departamento era.

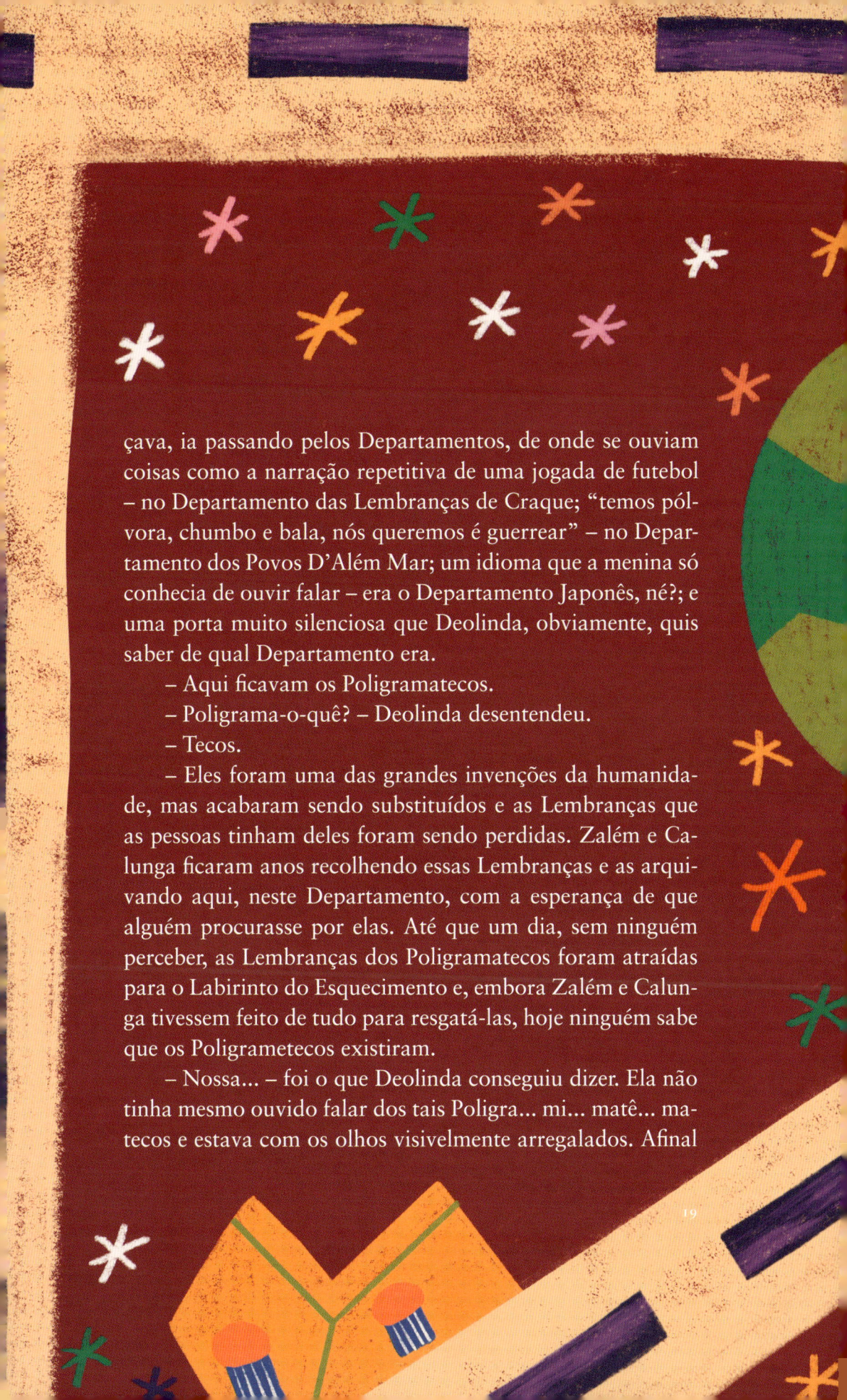

– Aqui ficavam os Poligramatecos.
– Poligrama-o-quê? – Deolinda desentendeu.
– Tecos.
– Eles foram uma das grandes invenções da humanidade, mas acabaram sendo substituídos e as Lembranças que as pessoas tinham deles foram sendo perdidas. Zalém e Calunga ficaram anos recolhendo essas Lembranças e as arquivando aqui, neste Departamento, com a esperança de que alguém procurasse por elas. Até que um dia, sem ninguém perceber, as Lembranças dos Poligramatecos foram atraídas para o Labirinto do Esquecimento e, embora Zalém e Calunga tivessem feito de tudo para resgatá-las, hoje ninguém sabe que os Poligrametecos existiram.

– Nossa... – foi o que Deolinda conseguiu dizer. Ela não tinha mesmo ouvido falar dos tais Poligra... mi... matê... matecos e estava com os olhos visivelmente arregalados. Afinal de contas, aquele Labirinto do Esquecimento não devia ficar tão longe de onde ela estava. Deolinda repetiu: – Nossa... – mas, dessa vez, completou: – Como o Tuzébio está lerdo hoje... Melhor eu ir antes que ele leve um milhão trezentos e doze trinta e cinco horas pra me achar... – e começou a subir os degraus, muito apressada.

Foi a Lembrança Casamenteira, aquela vestida de véu e grinalda, que reparou que a escada estava estranha, saindo do próprio caminho. Ela gritou:

– Menina, volte!

Mas Deolinda não conseguia mais. A escada insistia em não a deixar subir, conduzindo seus pés por novos degraus, feitos só pra descer, e cada vez mais rápido, até o fundo, até chegar ao último lance, que dava numa porta pequena, com uma maçaneta que não parecia maçaneta, mas uma asa perfeita, igualzinha à que Deolinda tinha pedido de presente de aniversário ao seu vavô e até do mesmo tamanho: enorme! As Lembranças disseram pra Deolinda se afastar, que era perigoso, mas a asa era tão linda e ainda abria uma porta... O que será que havia atrás daquela porta?

Deolinda forçou a asa pra baixo, com as duas mãos, e foi nesse momento exato que, lá fora, Calunga notou que a ampulheta do Labirinto do Esquecimento tinha girado.

Zalém e Calunga entraram no Baú sabendo que não poderiam buscar Deolinda no Labirinto do Esquecimento. Sabiam que, se entrassem, também correriam o risco de serem seduzidos pela Janela do Nunca Mais e nunca mais existirem. Então desceram as escadas, mas não ousaram ultrapassar a porta. Parados na entrada do Labirinto, tentaram chamá-la:

– Deoliiiiiiiiiiiinda!

– Deolindaaaaaaa!

– Gente, vocês estão aqui? Olha, eu não queria entrar aqui não, viu? Eu só encostei no Baú, sem querer, e aí eu vim parar aqui, sem querer – Deolinda não tinha ideia de como Zalém e Calunga estavam aliviados em ouvi-la, mesmo dando desculpas esfarrapadas.

– Você sabe nos dizer onde está, Deolinda?

– Eu? Eu estou num rio. Não! Eu estou perto de uma montanha. Não! Eu estou numa floresta! Ih, gente, eu acho que este Labirinto está com crise de paisagem.

– Zalém, esse Labirinto é mais traiçoeiro do que pensávamos...

– Os Fios, Calunga! Vamos jogar Fios de Lembrança para puxá-la!

Os Fios de Lembrança ficavam no porão do Baú. Eles eram a memória dos primeiros povos, que tinha atravessado

zilhões de gerações até formar os Fios que uniam vivos e mortos, desde o primeiro ancestral.

— Pegue um Fio dos Povos da Floresta, Zalém. Ele, com certeza, conhece os mistérios do lugar onde ela está.

— Deolinda, tente alcançá-lo!

Não foi preciso. À medida que o Fio dos Povos da Floresta avançava pelo Labirinto, as árvores que escondiam Deolinda abriram caminho, em reverência. Deolinda chegou a ver o Fio se aproximando com cocares, mulheres e sementes, crianças de cara pintada, homens e aves; vozes que pareciam falar também pelos bichos, as folhas e as águas.

— Olha!

Deolinda estava hipnotizada e não vou mentir que essa lembrança, ainda hoje, me faz arrepiar. Mas, nessa hora, não era mais para o Fio dos Povos da Floresta que Deolinda olhava. Ao lado da menina surgiu uma árvore um pouco mais alta do que ela e sem uma única folha. Seus galhos estavam tomados por borboletas roxas, dessas que nunca se veem na natureza, e elas abriam e fechavam as asas com uma paciência inebriante. Tão desprevenidas, que mal parecia ser possível espantar a copa inteira com um único sopro.

— E o Fio, Deolinda? — Calunga perguntou, lá da entrada do Labirinto.

— Ih! Sumiu! — um segundo de fascinação e só sobrou essa resposta.

É que, além de traiçoeiro, o Labirinto era sábio. Sem poder abalar o encantamento do Fio dos Povos da Floresta, ele seduziu Deolinda com uma árvore que tinha borboletas no lugar de folhas, movendo as asas como um sonífero e, ainda por cima, roxas. Que covardia!

— Calunga, o Labirinto deve estar tentando atraí-la pra perto da Janela do Nunca Mais! — Zalém sabia que não lhes restava muito tempo e gritou bem alto, lá pra fora do Baú:

— Cambeva, como está a Ampulheta?

— Apressada! Muito apressada!

— Zalém, temos que jogar outro Fio, ainda mais atraente — decidiu Calunga.

O Fio das Infâncias entrou no Labirinto do Esquecimento dando cambalhotas. Pulou amarelinha, brincou de pique-esconde, tirou meleca do nariz. Deolinda ficou com um pouco de nojo, mas mesmo assim foi pular corda com ele.

— Achei um Fio aqui, primo-irmão do arco-íris!

Se eu tivesse que descrever Deolinda naquele momento, diria que ela estava mais eufórica que toró em poça d'água.

— Segure firme, Deolinda, vamos puxar você!
— Ih, gente, o Fio arrebentou! O Labririnto está me segurando! Eu estou sendo arrastadaaaa!

Zalém e Calunga sentiram que o ar também queria sugá-los porta adentro e, pela força que tiveram que fazer pra resistir, era certo que o Labirinto tinha levado Deolinda pra muito longe. Restou um silêncio seco, como se tivessem tirado o volume do mundo.
Foi Calunga quem chamou primeiro:
— Deoliiiiiiiiiinda!
E, então, Zalém quis tentar na própria voz:
— Deolindaaaaaa!

Onde ela estava fazia um escuro denso, bem depois da noite. Uma solidão tão grande que parecia esquecimento.
— Você está escutando a Deolinda, Zalém?
— Nem um pio.
A menina só conseguia pronunciar um choro franzino, sem nenhuma ambição de ser ouvido.
— Deolinda! Você está nos escutando? — Calunga gritou da porta.

— Zalém, Calunga, eu acho que estou perdida neste infinito lugar. Aqui está puro escuro. Eu estou com medo!

A conversa acontecia tão de longe, que só se ouvia uma saudade de voz. Zalém e Calunga sabiam que era a última chance de tirarem Deolinda do Labirinto e que o novo Fio não poderia falhar.

— Calunga, vá ao Departamento das Lembranças Iluminadas e pegue um Fio de Sol – pediu Zalém. Depois, gritou bem alto, lá pra fora do Baú:

— Tuzébio! Como está a Ampulheta?

— A areia começou a cair mais depressa. Vocês têm que correr!

Sem perder tempo, Calunga voltou com o que conseguiu: um Fio de Pirilampo. As Lembranças dos pirilampos são das mais difíceis de se encontrar. Por ficarem ora acesas, ora apagadas, confundem até os Catadores de Lembranças mais experientes e, por isso, são muito raras. Calunga lançou o Fio pra dentro do Labirinto e, embora ele não fosse tão iluminado quanto o Fio de Sol, sabia bem como despistar a noite. Quem conhece um pirilampo sabe que ele só se apaga pra brilhar de novo. Por isso, mesmo no escuro, Deolinda pôde descansar do medo, como nas cantigas de ninar.

Mais confiante, ela aprendeu rapidinho a adivinhar quando o Fio de Pirilampo estaria apagado e quando estaria aceso, e combinou com Zalém e Calunga que, na próxima faísca, ela o agarraria com toda força. Mas assim que o Fio apagou pela última vez, o Labirinto começou a rasgar-se. Deolinda sentiu que seus pés tremiam e tentou mantê-los firmes, mas o chão estava se rompendo e, enquanto ela gritava que ia cair, ela caiu.

– Zalém, Calunga! Por favor, alguém me tira deste buraco! – a voz de Deolinda voltou a ter choro, mas dessa vez, com socorro.

– Jogue outro Fio, Zalém. Rápido!

– Não adianta, Calunga. Onde ela está nenhum Fio de Lembrança pode alcançá-la – Zalém respondeu e, em seguida, gritou pra fora do baú: – Tuzébio, quanto tempo nós temos?

– Pouco! Muito pouco!

– Calunga, eu vou buscá-la!

– No Labirinto não, Zalém. É muito perigoso!

Mas não havia outro jeito. Calunga pegou o primeiro Fio que achou e mandou que Zalém o levasse. – Por favor, não o perca, Zalém – disse, olhando no alvo dos seus olhos. Zalém olhou de volta, com a mira afiada, e apontou que sim:

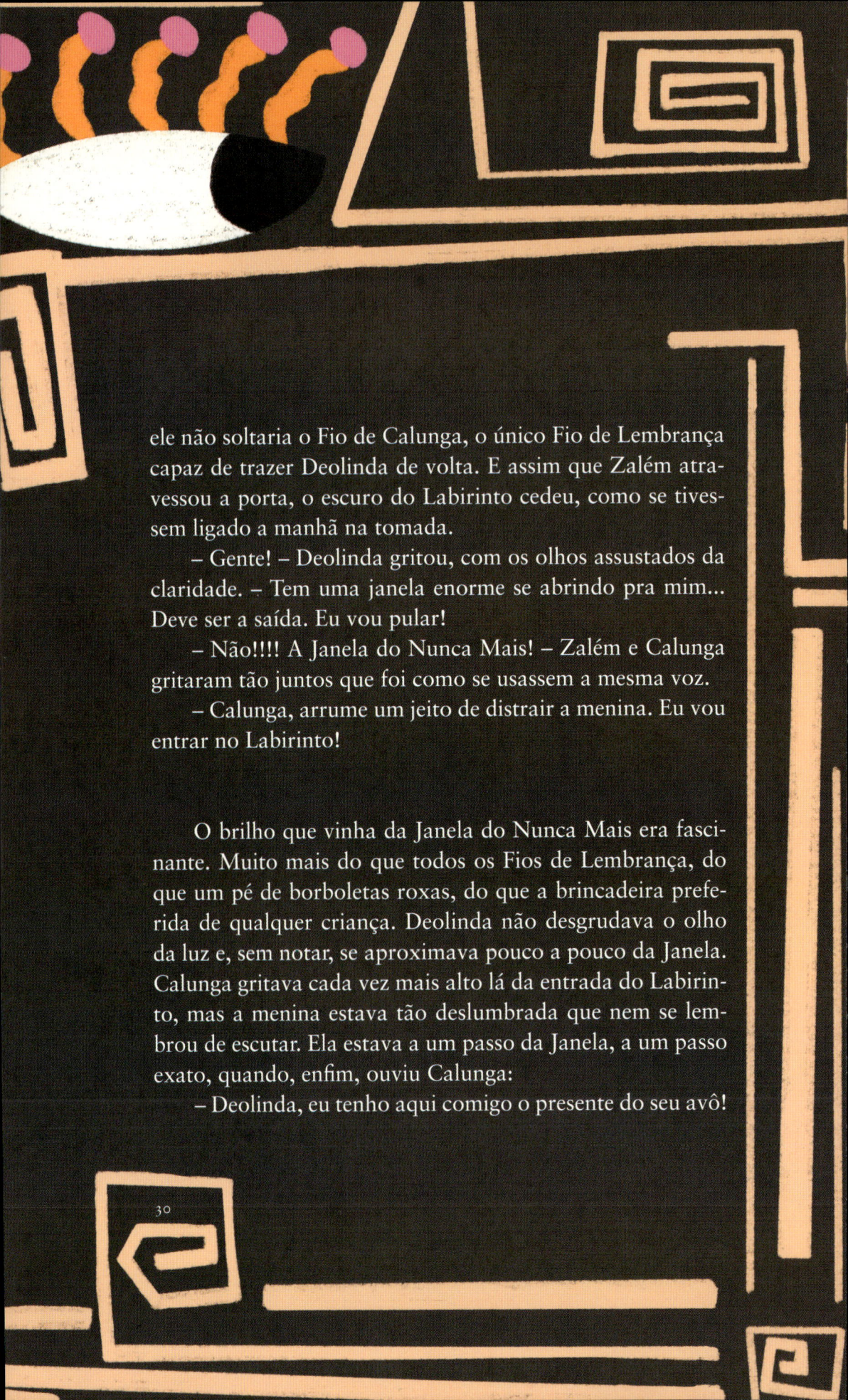

ele não soltaria o Fio de Calunga, o único Fio de Lembrança capaz de trazer Deolinda de volta. E assim que Zalém atravessou a porta, o escuro do Labirinto cedeu, como se tivessem ligado a manhã na tomada.

— Gente! — Deolinda gritou, com os olhos assustados da claridade. — Tem uma janela enorme se abrindo pra mim... Deve ser a saída. Eu vou pular!

— Não!!!! A Janela do Nunca Mais! — Zalém e Calunga gritaram tão juntos que foi como se usassem a mesma voz.

— Calunga, arrume um jeito de distrair a menina. Eu vou entrar no Labirinto!

O brilho que vinha da Janela do Nunca Mais era fascinante. Muito mais do que todos os Fios de Lembrança, do que um pé de borboletas roxas, do que a brincadeira preferida de qualquer criança. Deolinda não desgrudava o olho da luz e, sem notar, se aproximava pouco a pouco da Janela. Calunga gritava cada vez mais alto lá da entrada do Labirinto, mas a menina estava tão deslumbrada que nem se lembrou de escutar. Ela estava a um passo da Janela, a um passo exato, quando, enfim, ouviu Calunga:

— Deolinda, eu tenho aqui comigo o presente do seu avô!

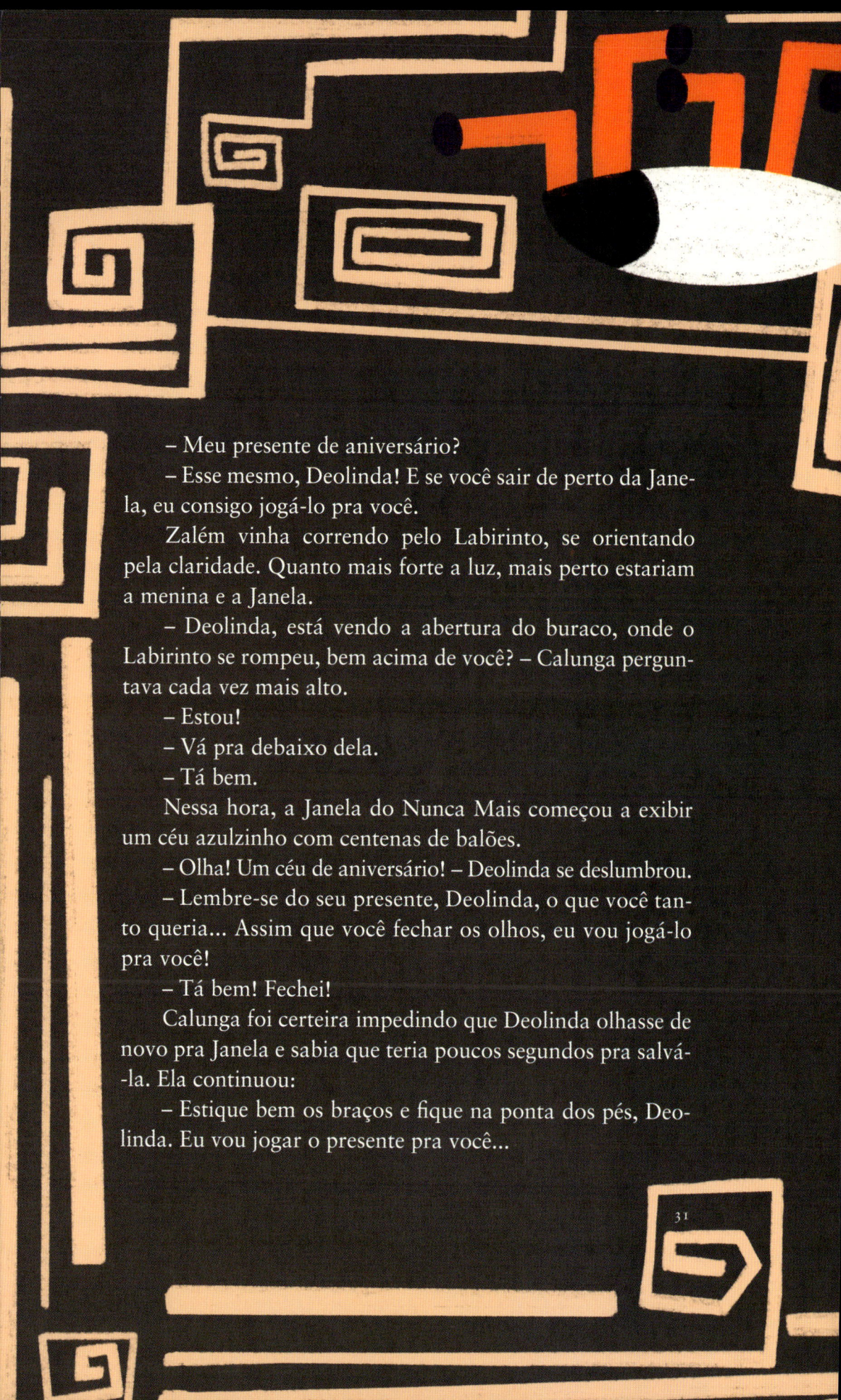

– Meu presente de aniversário?
– Esse mesmo, Deolinda! E se você sair de perto da Janela, eu consigo jogá-lo pra você.

Zalém vinha correndo pelo Labirinto, se orientando pela claridade. Quanto mais forte a luz, mais perto estariam a menina e a Janela.

– Deolinda, está vendo a abertura do buraco, onde o Labirinto se rompeu, bem acima de você? – Calunga perguntava cada vez mais alto.

– Estou!
– Vá pra debaixo dela.
– Tá bem.

Nessa hora, a Janela do Nunca Mais começou a exibir um céu azulzinho com centenas de balões.

– Olha! Um céu de aniversário! – Deolinda se deslumbrou.
– Lembre-se do seu presente, Deolinda, o que você tanto queria... Assim que você fechar os olhos, eu vou jogá-lo pra você!

– Tá bem! Fechei!

Calunga foi certeira impedindo que Deolinda olhasse de novo pra Janela e sabia que teria poucos segundos pra salvá-la. Ela continuou:

– Estique bem os braços e fique na ponta dos pés, Deolinda. Eu vou jogar o presente pra você...

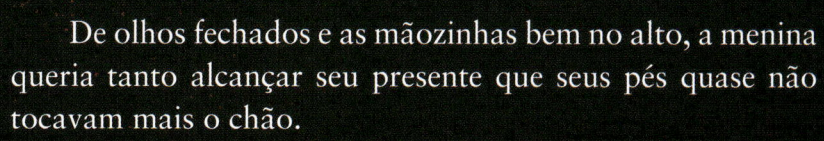

De olhos fechados e as mãozinhas bem no alto, a menina queria tanto alcançar seu presente que seus pés quase não tocavam mais o chão.

– Peguei! – foi Zalém quem disse. – Peguei a menina, Calunga! Puxe o Fio!

Calunga não sabia, mas Zalém já estava bem na bordinha do buraco, só esperando que Deolinda se esticasse mais um pouco pra que pudesse alcançá-la. Calunga puxou o Fio o mais rápido que pôde para trazê-los de volta e, ao atravessarem a porta, o próprio Labirinto cuidou de fechá-la com toda força. Sua maçaneta, agora, era como qualquer maçaneta.

– Calunga, prepare o Baú! Vamos sair.

E ninguém sabe como, eu mesma nunca entendi, sem que abrissem um único trinco, tranca ou tramela, saímos do Baú. Cambeva e Tuzébio nem nos perceberam a princípio, de tão fixo que olhavam pra Ampulheta.

– Vavô! – Deolinda gritou até virar berro.

Mas Cambeva não reconheceu a neta de imediato. Nessa hora, o coração de Deolinda bateu com tanta força que chegou a doer. O avô tinha se esquecido dela, a menina soube. O maior medo que ela teve quando estava no escuro foi o de ser escuro também. E agora seu vavô a olhava, mas não a via. Era isso, então, o esquecimento? Ser escuro em pleno dia? Cambeva se abaixou. O coração da menina socando o peito. Ele, então, abriu os braços e era pra ela. Deolinda não soube mais segurar o choro e correu em sua direção. O coração dos dois batendo um com o outro no miolo abraço.

– Me desculpa, vavô. Desta vez eu fui longe demais...

Embora chorassem de alegria e também de alívio, Deolinda parecia sentir ainda um resto de medo. O medo da profundeza do baú, do escuro de um labirinto sem memória, de não ter mais nenhum fio de lembrança em que se agarrar. O medo que conheci naquele dia e que eu gostaria de deixar trancado pra sempre em algum departamento.

– Ô, Deolinda, só faltava um grãozinho de areia na Ampulheta... – Tuzébio interrompeu o abraço, meio bravo, meio assustado demais. Ele tinha chegado a se esquecer de Deolinda. Por um momento, ele se esqueceu da amiga e não sabia por que precisava vigiar tanto aquela areia.

– Me desculpe, Tuzébio. Eu prometo que não vou fazer isso nunca mais.

– Ahã, Deolinda, sei...

A menina deu um abraço no amigo e disse que ele era o segundo melhor Restaurador de Lembranças de que se tinha lembrança, logo depois do seu vavô. E, então, foi falar com quem mais precisava:

– Zalém, Calunga, vocês são meus ultra-mega-super-heróis!

Os dois, agora, só sabiam gargalhar. E juntos, é claro! Como baobás, puderam proteger e guardar. A memória daquele dia se entrelaçaria ao Fio dos seus ancestrais por mais uma geração e Deolinda estaria sob a sombra boa de povos que não conheceu, mas que pra sempre saberia honrar.

– E quando é que você vai abrir o seu presente, Deolinda? – Calunga não tinha esquecido de sua promessa.

– Abre logo, Deolinda, abre! – Tuzébio estava mais aflito do que a Ampulheta.

– Não posso, Tuzébio. Eu tenho que esperar até o dia do meu aniversário, né, vavô?

– Depois dessa aventura toda, menina? Abre logo o presente do vô!

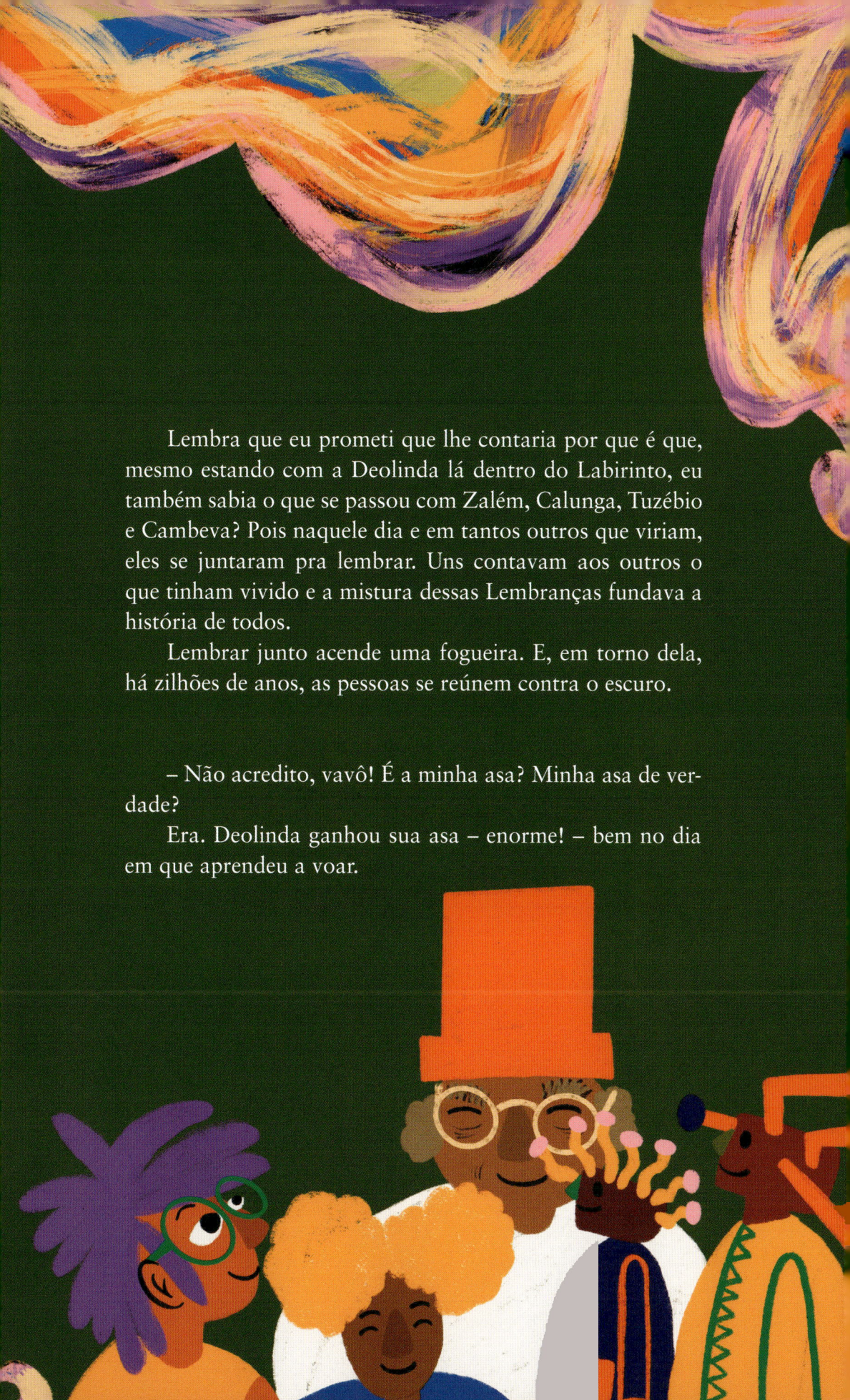

Lembra que eu prometi que lhe contaria por que é que, mesmo estando com a Deolinda lá dentro do Labirinto, eu também sabia o que se passou com Zalém, Calunga, Tuzébio e Cambeva? Pois naquele dia e em tantos outros que viriam, eles se juntaram pra lembrar. Uns contavam aos outros o que tinham vivido e a mistura dessas Lembranças fundava a história de todos.

Lembrar junto acende uma fogueira. E, em torno dela, há zilhões de anos, as pessoas se reúnem contra o escuro.

– Não acredito, vavô! É a minha asa? Minha asa de verdade?

Era. Deolinda ganhou sua asa – enorme! – bem no dia em que aprendeu a voar.

Meus agradecimentos ao Ponto de Partida e Meninos de Araçuaí; CPCD – Tião Rocha; Natura – Fernanda Paiva, Beatriz Araújo, Camila Jeremias, Fernanda Alves, Luís Seabra e Guilherme Leal; ÔZé – Zeco Montes e toda equipe do livro; Bárbara Quintino; Escrevedeira – Noemi Jaffe e colegas; meus pais e irmãos: Cristina, Inácio, Raquel e Matheus; Pablo, Téo e Tomé; Regina Bertola.

[Júlia Medeiros]

© do texto Júlia Medeiros (2022)
© das ilustrações Bárbara Quintino (2022)

Editor: Zeco Montes
Concepção geral: Grupo Ponto de Partida
Assistentes editoriais: Tatiana Cukier e Luana de Paula

Projeto gráfico: Raquel Matsushita
Diagramação: Entrelinha Design
Revisão: Véra Maselli

Dados Internacionais de Catalogação na Publicação (CIP)
(Câmara Brasileira do Livro, SP, Brasil)

Medeiros, Júlia
   Zalém e Calunga / Júlia Medeiros; ilustrações Bárbara Quintino. – 1. ed. – São Paulo: ÔZé Editora: Grupo Ponto de Partida, 2022. – (Presente de vô; 1)

   ISBN 978-65-89835-32-5

   1. Literatura infantojuvenil I. Quintino, Bárbara. II. Título III. Série.

22-136352   CDD-028.5

   Índices para catálogo sistemático:
   1. Literatura infantil 028.5
   2. Literatura infantojuvenil 028.5
   Inajara Pires de Souza - Bibliotecária
   CRB PR-001652/O

1ª edição 2022

Todos os direitos reservados
ÔZé Editora e Livraria Ltda.
Rua Conselheiro Carrão, 420
CEP: 01328-000 – Bixiga – São Paulo – SP
(11) 2373-9006 contato@ozeeditora.com
www.ozeeditora.com
Impresso no Brasil / 2022

Este livro foi composto no Estúdio Entrelinha Design, com a tipografia Sabon, impresso em papel couché fosco 150g, em 2022.